Max viaja a Marte

Una aventura de ciencias con el perro Max

Jeffrey Bennett

Ilustrado por

Alan Okamoto

Para los niños de todo el mundo:

Cree en ti mismo, cree en tus sueños y trabaja con afán para crear un mundo en donde podamos vivir unidos y en paz, alcanzando a las estrellas.

Edición: Joan Marsh, Mary Douglas
Diseño y producción: Mark Stuart Ong, Side by Side Studios
Traducción al español: Marina LaGrave, Luis y Miriam Shein

Publicado en los Estados Unidos por
Big Kid Science
Boulder, Colorado
www.BigKidScience.com

ISBN 978-1-937548-48-3

También disponible en inglés: Max Goes to Mars

Expertos que revisaron este libro

Nathalie Cabrol, NASA Ames Research Center
Eddie Goldstein, Denver Museum of Nature & Science
Steve Lee, Denver Museum of Nature & Science
Mark Levy, asesor educativo
Christopher McKay, NASA Ames Research Center
Cherilynn Morrow, Aspen Global Change Institute
Nicholas Schneider, University of Colorado, Boulder
Joslyn Schoemer, Denver Museum of Nature & Science
John Spencer, Southwest Research Institute
Alan Stern, Southwest Research Institute
Henry Throop, Southwest Research Institute
Mary Urquhart, University of Texas, Dallas
Helen Zentner, asesor educativo

Agradecimiento especial

A *Maddy Hemmeter* que fue modelo para Tori.

A *Lado Jurkin* que fue modelo para el Comandante Grant. El Sr. Yurkin fue uno de los miles de "Niños Perdidos de Sudán", niños que quedaron huérfanos durante la guerra y que luego pasaron años atravesando la selva africana viviendo en campamentos de refugiados antes de encontrar sus nuevos hogares en los Estados Unidos de Norteamérica. La verdadera historia de los Niños Perdidos es una inspiración para todos nosotros.

A *los niños y maestros de P.S. 117* en Queens, Ciudad de Nueva York, por revisar el borrador de este libro.

A *Story Time From Space* por haber seleccionado a este libro para ser leído desde la Estación Espacial Internacional; el video se encuentra en www.storytimefromspace.com.

Otras obras de Jeffrey Bennett

Para niños:
> *Max Goes to the Space Station*
> *Max viaja a la Estación Espacial*
> *Max Goes to the Moon*
> *Max viaja a la luna*
> *Max Goes to Jupiter*
> *The Wizard Who Saved the World*
> *El mago que salvó al mundo*

Para adultos:
> *Beyond UFOs*
> *Math for Life*
> *What Is Relativity?*
> *On Teaching Science*

Libros de texto:
> *The Cosmic Perspective series*
> *Life in the Universe*
> *Using and Understanding Mathematics*
> *Statistical Reasoning for Everyday Life*

Ésta es la historia de cómo el perro Max ayudó a la humanidad a dar el próximo salto enorme —mucho más allá de la Luna— hacia el maravilloso planeta Marte.

Habían pasado sólo pocos años desde que Max y su amiga Tori ayudaron a establecer la colonia en la Luna. Durante este tiempo, miles de personas habían logrado visitar a la Luna, pero, hasta la fecha, nadie había viajado más allá.

Tori y Max estaban muy ocupados en la Tierra. Tori iba a la escuela y Max jugaba casi durante todo el día.

Les gustaba ir a pasear por las noches, especialmente cuando el cielo estaba despejado y oscuro. Tori siempre podía distinguir a los planetas de entre las estrellas. A veces, cuando Marte se veía particularmente brillante, ella se imaginaba que los estaba llamando, invitando a una niña y a su perro a visitarlo.

Estrellas y Planetas

Tori puede diferenciar entre planetas y estrellas. ¿Tú también puedes?

A veces es fácil: A menudo, Venus y Júpiter brillan más que cualquier otra estrella en el cielo nocturno, y podrías reconocer a Marte por su color rojizo. Pero el verdadero truco para diferenciar a los planetas fue descubierto hace miles de años: Noche tras noche, las estrellas aparecen formando los mismos patrones, llamados *constelaciones*, mientras que los planetas se desplazan lentamente entre estas constelaciones. De hecho, la palabra *planeta* proviene de una palabra en griego antiguo que significa "vagabundo". No vas a ver que un planeta, como Marte, se desplace durante una sola noche, porque el cambio es muy lento, pero a medida que avanzan las semanas y los meses, podrás ver cómo se mueve de una constelación a otra.

Las civilizaciones antiguas no sabían por qué los planetas parecen ser "vagabundos". Su extraño movimiento daba la impresión de que los planetas eran muy poderosos, por lo que se les dieron nombres de antiguos dioses. Hoy sabemos que la razón es que los planetas giran alrededor del Sol mientras que las estrellas permanecen en patrones fijos debido a su enorme distancia. Puedes ver cómo todo esto funciona al hacer la actividad en la página 30.

De hecho, hay una diferencia mucho más básica entre las estrellas y los planetas. Las estrellas son gigantescas bolas calientes de gas brillante, al igual que nuestro Sol. Los planetas, en cambio, son mundos que giran en órbita alrededor de estrellas, al igual que la Tierra y Marte giran alrededor del Sol. Muchas otras estrellas tienen sus propios planetas, por lo que los planetas que vemos en el cielo nocturno son únicamente algunos de los innumerables planetas en el universo.

Perros en el espacio

El verdadero perro Max nunca ha estado en el espacio, pero otros perros sí que han estado. Una perra rusa llamada *Laika* fue la primera en el espacio. De hecho, ella fue el primer ser vivo enviado al espacio.

Laika fue lanzada en órbita alrededor de la Tierra en una nave espacial llamada Sputnik 2, el 3 de noviembre de 1957. Su viaje aportó valiosos datos que más adelante ayudaron a las personas y a otros animales a sobrevivir en el espacio. Tristemente, su propia nave no fue diseñada para poder regresar a la Tierra y *Laika* murió en el espacio.

En total, doce perros rusos estuvieron a bordo de otros lanzamientos al espacio y ocho de ellos regresaron a la Tierra sanos y salvos. Los primeros perros que sobrevivieron un vuelo espacial fueron *Belka* y *Strelka* que giraron en órbita alrededor de la Tierra durante un día entero, el 19 de agosto de 1960. Más adelante, cuando Strelka tuvo cachorros, el líder soviético Nikita Kruschev dio uno de ellos a la familia del entonces presidente de los Estados Unidos, John F. Kennedy. Esto fue uno de los primeros ejemplos de cómo la exploración espacial puede convertirse en un gesto de paz. Los últimos perros en el espacio —por lo menos hasta ahora— fueron *Verterok* y *Ugolyok*. En 1966, pasaron 22 días en el espacio antes de regresar a casa.

Los Estados Unidos nunca ha enviado perros al espacio, pero sí ha enviado chimpancés y otros monos. El 31 de enero de 1961, el primer chimpancé, llamado *Ham*, realizó un corto vuelo hacia el espacio. *Ham* sobrevivió el vuelo y vivió en zoológicos el resto de su vida.

***

Si quieres ver al verdadero Max hacer su truco del carrusel, visita www.BigKidScience.com/maxvideo.

Un día, Max estaba haciendo su famoso truco del carrusel. Cuando era todavía cachorro, había aprendido a hacer girar el carrusel por su cuenta, saltando dentro y fuera o a veces, simplemente, dando vueltas en el carrusel. Aún le encantaba hacer el truco y, por lo general, los niños venían a jugar con él.

Fue entonces que Tori recibió la llamada telefónica.

—Es el comandante Grant —dijo Tori—. Quieren que un perro los acompañe en el primer viaje tripulado a Marte. —Max, mientras tanto, seguía jugando.

Tori estaba contenta y triste al mismo tiempo. Contenta porque Max iba a participar en esta gran aventura. Triste porque sabía que, esta vez, él tendría que ir sin ella.

Tori recordó haber visitado un modelo a escala del sistema solar en Washington, DC. Ahí aprendió que, aun cuando Marte está relativamente cerca de la Tierra, está aproximadamente 150 veces más lejano que la Luna. El viaje a Marte sería demasiado largo para una niña que aún tenía la obligación de ir a la escuela.

¿Qué tan lejos está Marte?

Las enormes distancias entre los planetas son más fáciles de entender si usamos un modelo a escala del sistema solar. La ilustración en esta página muestra parte de un modelo llamado *Voyage*, situado frente al Museo Nacional del Aire y del Espacio en Washington, DC. *Voyage* muestra al sistema solar en *un décimo de un milésimo de un millonésimo* (0.000,000,000,1) de su tamaño real. El Sol está representado por el balón de oro en el pedestal a la derecha. Los otros pedestales muestran las ubicaciones de los cuatro planetas interiores.

Los modelos de los planetas están dentro de discos de vidrio en cada pedestal. La Tierra es aproximadamente del tamaño de una cabeza de alfiler y comparte su disco de vidrio con la Luna, que es todavía más pequeña. En el modelo *Voyage*, la distancia entre la Tierra y la Luna es solamente 4 centímetros, como 1½ pulgadas. Ahora, observa que el pedestal de Marte está a varios pasos más allá de la Tierra. Así Tori se enteró de que Marte estaba muchísimo más lejos de la Tierra que la Luna.

Si deseas algunos números reales, aquí están: La Luna está aproximadamente a 380,000 kilómetros, o sea 235,000 millas, de la Tierra. La distancia entre la Tierra y Marte varía entre unos 56 y 400 millones de kilómetros (entre 35 y 250 millones de millas), dependiendo de dónde se encuentran los dos planetas en sus órbitas.

Para aprender más acerca de *Voyage* y la escala del espacio, visita www.BigKidScience.com/Voyage

Nombres de Marte

Hace más de 3,000 años, Marte recibió su nombre en honor al dios mitológico de la guerra, tal vez porque su color recordaba el color de la sangre. Distintos pueblos del antiguo Medio Oriente tenían distintos nombres para el dios de la guerra y cada uno le puso ese nombre a este planeta. Los babilonios lo llamaron *Nergal*, los griegos lo llamaron *Ares* y los romanos le dieron el nombre de *Marte*.

Personas en otras partes del mundo tenían diferentes ideas acerca de Marte. En la India, Marte era conocido como *Mangala* que está asociado con un dios de la guerra con seis cabezas. Era "la gran estrella" para la tribu Pawnee en Norteamérica. Los chinos llamaron a Marte "el planeta de fuego", o *Ying huo*, lo que se traduce como "brillante engañador". Incluso hoy en día, Marte tiene muchos nombres en los distintos idiomas.

¿Sabías que Marte se celebra con el nombre de un día, un mes, y por lo menos una ciudad? El día de Marte es *martes* en español, *mardi* en francés o *martedì* en italiano. En inglés, el día *Tuesday* proviene del antiguo dios nórdico de la guerra, llamado *Tiw*. El mes con nombre de Marte es probablemente obvio: *Marzo* (*March*, en inglés). El nombre de El Cairo, capital de Egipto, proviene de un antiguo nombre árabe para Marte.

Tori pensó que Max debería saber un poco acerca del lugar que iba a visitar.

—Escucha con atención, Max. Llamamos a Marte el planeta rojo porque se ve como un punto rojizo en el cielo nocturno. Hace mucho tiempo, personas de muchas culturas le dieron diferentes nombres a Marte e inventaron muchos cuentos acerca del planeta. El nombre Marte, que usamos actualmente, proviene del nombre que los antiguos romanos dieron a su dios de la guerra.

Max se quedó muy quieto, mirando más allá de Tori. —Bueno, veo que me estás escuchando —dijo ella.

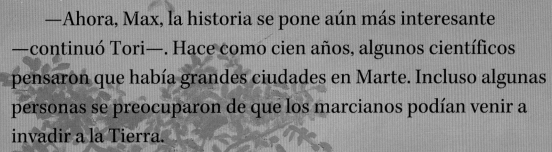

—Ahora, Max, la historia se pone aún más interesante —continuó Tori—. Hace como cien años, algunos científicos pensaron que había grandes ciudades en Marte. Incluso algunas personas se preocuparon de que los marcianos podían venir a invadir a la Tierra.

—¿Te imaginas eso? —Tori se rió. Definitivamente, Max se estaba imaginando algo.

Fantasías marcianas

¿Te has preguntado por qué la gente suele hablar de marcianos, pero rara vez hablan de, por ejemplo, venusianos o jupiterianos? Todo empezó con imágenes borrosas de Marte vistas a través de telescopios hace más de 100 años.

En 1877, un astrónomo italiano llamado Giovanni Schiaparelli pensó haber visto líneas rectas en Marte. Las llamó *canali*, que significa "canales" en italiano. Sin embargo, la palabra fue traducida al inglés como "canales" que se entendió como canales *artificiales* de agua. En 1894, un astrónomo estadounidense, llamado Percival Lowell, estableció su propio observatorio para estudiar los canales de Marte. El Observatorio Lowell todavía se utiliza para la investigación astronómica. Lo puedes visitar en Flagstaff, Arizona.

Lowell hizo mapas detallados de los canales en Marte, imaginando que fueron construidos por una antigua civilización para el transporte de agua valiosa en un planeta que se estaba muriendo. H.G. Wells usó esta idea cuando describió a marcianos invadiendo a la Tierra en su novela, *La guerra de los mundos*.

Por supuesto, ahora sabemos que la idea de Lowell tenía un problema grave: los canales no existen. Entonces ¿qué estaba observando? Recuerda que Lowell estaba viendo imágenes telescópicas borrosas de Marte. Tal vez esto hizo que su mente viera líneas rectas cuando observaba a las fronteras borrosas entre regiones geográficas claras y oscuras.

Misiones a Marte

¿Cómo podemos saber tanto acerca de Marte cuando nadie ha estado allí? La respuesta es que hemos enviado naves espaciales "robóticas" que llevan computadoras a bordo para el control de sus motores, así como de sus cámaras e instrumentos científicos. Utilizamos ondas de radio para mandarles instrucciones y para recibir de vuelta las imágenes y los datos que recogen. Funciona de manera parecida al envío de imágenes o datos por un teléfono celular, excepto que, en este caso, se hace a una distancia mucho mayor.

La primera nave espacial que fue a Marte fue *Mariner 4*, que realizó un solo sobrevuelo en 1965. Seis años más tarde, el *Mariner 9* fue la primera nave espacial que giró en órbita alrededor de Marte. Los primeros aterrizajes exitosos en Marte se produjeron en 1976 con las naves espaciales *Viking 1* y *Viking 2*.

Hoy en día, más de 20 países están involucrados en misiones robóticas a Marte. Misiones que estudian a Marte desde una órbita incluyen a la Mars Orbiter Mission (MOM) de la India y la misión MAVEN de la NASA, que llegaron ambas a Marte en 2014. Misiones sobre la superficie de Marte incluyen a los vehículos robóticos *Spirit* (la foto en la portada y en la página 18) y *Opportunity*, que llegaron ambos a Marte en 2004 y *Curiosity* que llegó a Marte en 2012.

Las ilustraciones de Marte en este libro se basan en datos reales de las distintas misiones a Marte. La ilustración en esta página se basa en una maqueta del Museo de la Naturaleza y la Ciencia en Denver, y la imagen grande que aparece en la televisión, en la página a la derecha, muestra una vista desde el vehículo explorador *Spirit*.

Tori llevó a Max a un museo de ciencias, donde visitaron una exposición dedicada a Marte. —Ahora sabemos mucho acerca de Marte —explicó Tori—, porque muchas naciones han enviado naves espaciales a Marte. Pero ninguna de estas naves espaciales ha llevado personas o animales a bordo. Por eso tu viaje va a ser particularmente emocionante.

De repente Tori se puso muy seria. —Max, no hay ciudades ni marcianos en Marte, pero, a pesar de esto, podrías ayudarnos a hacer uno de los descubrimientos más importantes de la historia.

—Hoy en día, Marte es un planeta frío y seco —continuó Tori—, pero los científicos creen que hace mucho, mucho tiempo, Marte tenía lagos y ríos. Puede ser que todavía tenga agua en el subsuelo. Y si hay agua, bueno, ¡tal vez hay vida!

—Es probable que la vida en Marte sea demasiado pequeña como para poder ser vista sin la ayuda de un microscopio. Sin embargo, si encontramos en Marte un ser vivo, por pequeño que sea, sabremos, a ciencia cierta, que no estamos solos en el universo.

Max olfateó el suelo con entusiasmo, demostrando que estaba bien equipado para la búsqueda de vida microscópica.

Agua en Marte

Tori dice que en la actualidad Marte está seco, pero que tenía agua en el pasado. ¿Cómo lo sabe?

Marte debe de estar seco hoy, porque su atmósfera es demasiado tenue como para que el agua líquida pueda permanecer sobre su superficie. Si pusieras en Marte una taza de agua al exterior, toda esa agua se evaporaría o se congelaría rápidamente. Pero las fotografías de Marte muestran cauces que se secaron, extensas llanuras de inundación y tal vez incluso lechos de lagos y océanos secos. Los estudios realizados de las rocas de Marte obtenidas por los exploradores confirman que en Marte alguna vez hubo una gran cantidad de agua en estado líquido.

Pero la era de abundancia de agua es cosa del pasado. Mediante el estudio de los cráteres de Marte, los científicos pueden establecer que la mayoría de los lagos y ríos se secaron por lo menos hace 2 mil millones de años. Sin embargo, Marte todavía tiene mucha agua congelada en sus casquetes polares y en su subsuelo. Parte de este hielo puede derretirse ocasionalmente y fluir por un período corto. Por ejemplo, corrientes de agua pueden explicar pequeños arroyos en las paredes de los cráteres, como los que se muestran en la página 19.

La abundancia de hielo puede significar que todavía existe agua líquida en el subsuelo. Esto puede ser particularmente cierto cerca de antiguos volcanes (ver la página 22), que quizá todavía pueden generar suficiente calor para derretir el hielo.

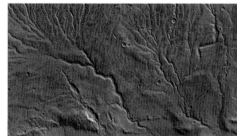

Esta foto, tomada desde una órbita alrededor de Marte, muestra cauces secos en su superficie.

11

A Marte y de regreso

¿Te estás preguntando por qué el viaje a Marte toma tanto tiempo? Esto se debe a la forma en que la Tierra y Marte giran en órbita alrededor del Sol. La Tierra tarda un año en girar alrededor del Sol. Marte tarda más tiempo, ya que recorre su órbita más lentamente y a mayor distancia del Sol. Al igual que dos personas que compiten en carriles distintos en una pista de carreras y a velocidades diferentes, la Tierra pasa relativamente cercana a Marte cada dos años (para ser más precisos, como cada 26 meses).

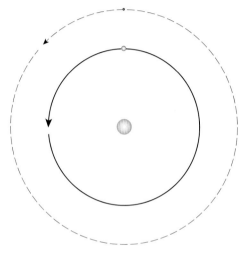

Las órbitas de la Tierra y de Marte se alinean aproximadamente cada dos años.

Es mucho más fácil enviar una nave espacial a Marte si lo planeamos durante una de estas alineaciones de sus órbitas, cuando la distancia entre los dos planetas es menor. De lo contrario, el viaje requeriría mucho más tiempo, combustible y sería mucho más costoso. Aun así, las naves espaciales de la actualidad tardarían más de 6 meses en llegar a Marte. El viaje de 4 meses en este cuento supone el uso de una nave espacial más avanzada. Para cuando la tripulación llegue a Marte, la Tierra estará más avanzada en su órbita. A menos que se regresara la tripulación casi inmediatamente, tendría que quedarse en Marte hasta la siguiente alineación como dos años más tarde.

Llegó el día del despegue, Tori y Max, viajaron de la Tierra a la colonia en la Luna, donde se encontraba la nave destinada a Marte.

Tori derramó unas lágrimas mientras abrazaba a Max. Sabía que las órbitas de Marte y de la Tierra se alinean cada dos años. Así que Max y la tripulación tendrían que permanecer este tiempo en Marte.

El comandante Grant se dio cuenta de la preocupación de Tori. —No te aflijas —dijo—; hemos completado una y otra vez todas las pruebas. Será un viaje largo, pero todos estaremos a salvo.

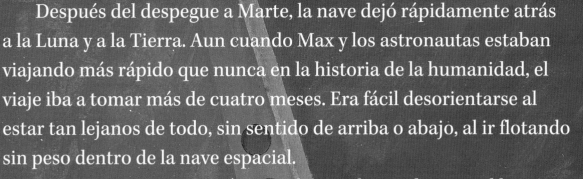

Después del despegue a Marte, la nave dejó rápidamente atrás a la Luna y a la Tierra. Aun cuando Max y los astronautas estaban viajando más rápido que nunca en la historia de la humanidad, el viaje iba a tomar más de cuatro meses. Era fácil desorientarse al estar tan lejanos de todo, sin sentido de arriba o abajo, al ir flotando sin peso dentro de la nave espacial.

Los astronautas no tenían mucho que hacer durante el largo viaje, y ésta fue una de las razones por las que trajeron a Max. Sus trucos, sin peso en el espacio, los divertían continuamente y Max era muy útil cuando alguien se ponía nostálgico. Nada es más reconfortante que acariciar a un buen perro.

El largo viaje

El viaje de 4 meses a Marte no será fácil para la tripulación. Por un lado, deben preocuparse del aburrimiento. Después de todo, estarán atrapados en una pequeña cabina donde solamente verán la oscuridad con diminutas estrellas brillando en el espacio. La falta de gravedad también podría ser un problema. Los verdaderos astronautas que han pasado meses sin gravedad girando en órbita alrededor de la Tierra (a bordo de una estación espacial) han sufrido pérdida de hueso y otros problemas de salud y tienen dificultad para caminar cuando regresan a la Tierra. La tripulación que vaya a Marte, necesitará equipo para ejercicios especiales y tal vez nuevos medicamentos para mantener su salud y poder caminar al llegar a Marte.

Es posible evitar la falta de gravedad mediante el uso de una nave espacial giratoria, ya que la rotación puede crear una "gravedad artificial". Sin embargo, como probablemente una nave espacial giratoria sería demasiado costosa para las primeras misiones tripuladas a Marte, no hemos utilizado una de éstas en este cuento. Con o sin la falta de gravedad, la tripulación se enfrentará al peligro de la abundante radiación nociva en el espacio. En la Tierra, la atmósfera de nuestro planeta y su campo magnético nos protegen de esta radiación. La nave a Marte necesitará un blindaje especial para mantener a la tripulación a salvo.

13

Mientras tanto en la Tierra, Tori tuvo un privilegio especial: Cada día, antes de ir a la escuela, recibía una llamada privada de video de la tripulación.

Un día, durante una llamada, como a la mitad del viaje a Marte, el comandante Grant apuntó su cámara a través de la ventanilla para mostrarle a Tori qué tan pequeñas se veían la Tierra y la Luna desde tan lejos. —Es ahí donde estás tú —le dijo.

—No solo yo —pensó—. Toda persona que ha existido y que ha crecido lo ha hecho en este pequeño punto azul.

Velocidad de la luz

Las llamadas telefónicas de Tori la mantienen en contacto con la tripulación, pero las conversaciones no son fáciles. El problema es el tiempo que tarda la luz en viajar entre la Tierra y la nave espacial a Marte.

Las ondas de radio que usamos para comunicarnos con las naves espaciales son una especie de luz, aunque no las podamos ver. Al igual que cualquier otra forma de luz, las ondas de radio viajan por el espacio a la velocidad de la luz, que es de 300,000 kilómetros por segundo (o sea 186,000 millas por segundo).

Esto parece ser una velocidad enorme. Por ejemplo, si las ondas de radio viajasen en círculo, ¡podrían darle casi ocho vueltas a la Tierra en un solo segundo! Pero las distancias en el espacio son tan grandes que aún la luz tarda mucho tiempo en cruzarlas. Por ejemplo, las ondas de radio tardarían aproximadamente 6 minutos en cada dirección cuando la nave a Marte esté tan solo a la mitad del camino. Así que si Tori pregunta —¿Cómo estás?— tendrá que esperar unos 12 minutos para recibir una respuesta: 6 minutos para que su mensaje llegue a la tripulación y 6 minutos más para que su respuesta llegue de regreso a la Tierra.

Los astronautas estaban muy contentos cuando finalmente Marte se comenzó a ver enorme frente a ellos. Todos habían pasado tiempo en la Luna, pero esto era diferente. Marte, aunque es más pequeño que la Tierra, es mucho más grande que la Luna. Incluso, Marte tiene dos lunas llamadas, Fobos y Deimos, pero son tan pequeñas que más bien parecen rocas que mundos.

Marte y sus lunas

¿Quieres saber exactamente qué tan grande es Marte? Su diámetro es de aproximadamente 6,800 kilómetros (4,200 millas), o sea, aproximadamente la mitad del diámetro de la Tierra. La imagen abajo muestra a los dos planetas a escala. Curiosamente, debido a que la mayor parte de la superficie terrestre está cubierta por océanos, la parte sólida de la Tierra es prácticamente igual a la superficie de Marte. Eso significa que la exploración de todo el planeta Marte sería como explorar todos los continentes de la Tierra.

Las dos lunas de Marte, que llevan los nombres de dos hijos del mítico dios de la guerra, son muy diferentes de nuestra propia Luna. Nuestra Luna es redonda y casi tan grande como algunos de los planetas. Las lunas de Marte, en cambio, parecen patatas y son muy pequeñas. Fobos tiene sólo 13 kilómetros (8 millas) de diámetro. Deimos es aún más pequeña y tiene aproximadamente 8 kilómetros (5 millas) de diámetro. Estas diminutas lunas tienen una gravedad tan débil que si das un gran salto en una de ellas, casi te permitiría escapar al espacio. Estas lunas giran rápidamente muy próximas a Marte. Fobos tarda tan sólo 8 horas en girar en órbita alrededor de Marte y Deimos tarda un poco más de un día. Puedes ver las dos lunas en la imagen de esta página: Fobos está claramente visible y Deimos es el punto brillante que aparece en la parte inferior a la derecha.

El descenso a Marte fue escalofriante pero a la vez divertido. Por algunos minutos, la nave resplandeció a través de la tenue atmósfera de Marte. Entonces, la tripulación abrió los paracaídas de la nave para frenar su descenso. Al final, usaron pequeños cohetes para precisar el lugar de contacto. El equipo necesario para su campamento base ya los estaba esperando, porque, dos años antes, ya había sido enviado a Marte.

Después de cuatro meses de estar en una pequeña nave, Max y los astronautas estaban impacientes por salir al exterior. Marte se veía parecido a la Tierra, pero ellos sabían que tenían que usar trajes espaciales para poder sobrevivir.

¡No olvides tu traje espacial!

¿Sabes por qué necesitarías un traje espacial en Marte? Existen, por lo menos, cuatro buenas razones:

En primer lugar, el aire en Marte es tan escaso que se parecería mucho más a estar en nuestra Luna sin aire que estar en la más alta cima de una montaña en la Tierra. Las personas necesitan mucha más presión de aire para poder sobrevivir. En segundo lugar, el aire en Marte no tiene oxígeno respirable—está compuesto principalmente por dióxido de carbono. En tercer lugar, la falta de oxígeno significa que no hay capa de ozono en Marte. En la Tierra, la capa de ozono protege a los organismos vivos de la radiación ultravioleta del Sol. Debido a que Marte no tiene capa de ozono, necesitarías protección contra esta peligrosa radiación. Y en cuarto lugar, Marte está muy frío, con una temperatura media de como −50 °C (−58 °F), y el aire escaso mantiene tan poco calor que se sentiría aún más frío en contacto con tu piel.

Por todas estas razones, no podrías vivir más de un minuto en Marte sin un traje espacial. Solamente estarías a salvo en un ambiente presurizado como lo hay en una nave espacial, en un campamento base, en un vehículo explorador o usando un traje espacial.

La tripulación tardó un par de semanas en recuperarse de los efectos de la falta de peso durante el viaje y en preparar su campamento base. Se ocuparon de las plantas en los invernaderos. Revisaron los sistemas de reciclado del aire y agua. Sobre todo, instalaron una fábrica para hacer el combustible que necesitarían para su viaje de regreso.

Como de costumbre, Max entretuvo a todos. Le gustaba jugar en la débil gravedad de Marte, donde podía saltar tres veces más alto de lo que lo hacía en la Tierra (aunque solamente como la mitad de lo que lo hacía en la Luna).

El color del cielo

¿Has notado los colores del cielo de Marte? Las ilustraciones de este libro tratan de mostrar cómo realmente se vería el cielo en Marte.

En la Tierra, nuestro cielo azul se debe a la forma en que la luz del Sol pasa a través de la atmósfera. La mayor parte de la luz solar llega a la Tierra, pero la atmósfera la *dispersa* un poco en todas direcciones. Sin esta dispersión, el cielo estaría completamente negro, al igual que el cielo de la Luna. Como la atmósfera dispersa, sobre todo, a la luz azul, el cielo se ve azul. (Recuerda que la luz del Sol contiene todos los colores del arcoíris).

En Marte, la atmósfera es tan tenue que, por sí misma, dejaría el cielo casi negro aun durante el día. Sin embargo, los vientos en Marte hacen que una gran cantidad de polvo esté suspendido en la atmósfera de Marte. Debido a la misma razón que causa que el cielo en la Tierra se vea color café cuando hay mucho polvo o contaminación; el polvo suspendido en Marte le da al cielo un color amarillento café, que se muestra en las ilustraciones de este cuento. El color del cielo puede cambiar en las mañanas y en las tardes y según la cantidad de polvo suspendido. Todos los colores mostrados en este libro tratan de ser realistas, si bien, con un poco de licencia artística.

Después de un tiempo, los astronautas comenzaron a hacer viajes más lejanos del campamento base. Podían viajar durante semanas a bordo de su vehículo explorador presurizado. Uno de sus primeros viajes los llevó a un sitio histórico —el sitio donde el robot explorador llamado "Spirit" aterrizó en Marte en el año 2004. Aún se encontraba ahí, en el mismo sitio donde había permanecido por muchos años. Se encontraba ahora cubierto de polvo marciano. Max lo observó con recelo, como si en cualquier momento pudiese comenzar a funcionar de nuevo.

Desplazándose en Marte

Debido a que Marte tiene tanta superficie como todos los continentes de la Tierra combinados, los astronautas necesitarán un vehículo para explorar más allá de su lugar de llegada. En este cuento, los astronautas utilizan un gran vehículo explorador presurizado. Es tan grande como un autobús y contiene camas, cocina y suficientes suministros para que puedan vivir en él durante muchas semanas seguidas. De esta manera, pueden hacer viajes largos desde su campamento base.

Aun así, un vehículo explorador similar no les va a permitir hacer viajes mayores de unos cuantos cientos de kilómetros y parte del terreno sería demasiado irregular o rocoso para que lo pueda atravesar un vehículo explorador. Por ejemplo, aun cuando los casquetes polares son probablemente de los lugares más interesantes de Marte, Max y la tripulación no los visitan en este cuento debido a que su vehículo explorador no podría llegar tan lejos. (De hecho, nos hemos tomado algo de licencia artística para que la tripulación pueda visitar lugares distantes como a 2,000 kilómetros).

Las primeras misiones humanas a Marte probablemente utilizarán vehículos exploradores similares al de este cuento. Otras misiones posteriores podrían utilizar aviones, globos o vehículos exploradores propulsados capaces de atravesar mayores distancias en Marte.

En cada lugar en donde se detenían, la tripulación recogía rocas para su estudio científico. El determinar de qué estaban compuestas las rocas y cuándo se formaron, ayudaría a los astronautas a aprender más sobre la historia de Marte.

Max tenía un trabajo especial. Su traje espacial tenía un accesorio que le permitía olfatear las rocas y el aire exterior. Fue entrenado para ladrar en caso de sentir cualquier olor que podría ser señal de vida.

El comandante Grant le dejó olfatear roca tras roca. Nada . . . si había existido alguna señal de vida allí, Max no la estaba encontrando.

¿Podría Max realmente buscar indicios de vida?

Éste es un cuento de ficción y es poco probable que un perro realmente vaya a bordo del primer viaje a Marte. Aun así, no es una idea totalmente absurda. Al igual como Max hace en este cuento, un perro podría entretener y dar una sensación de bienestar a los astronautas durante un viaje tan largo y tan lejano. Incluso, es posible que un perro pudiera ser útil en la búsqueda de vida.

El olfato de los perros es muy sensible. En muchos casos, los perros tienen mejor sentido del olfato que cualquier máquina que hayamos podido construir. Por eso, la policía usa perros para olfatear durante la búsqueda de personas perdidas.

Por supuesto, un perro no podría salir al exterior en Marte sin un traje espacial, por lo que el traje de Max necesita un accesorio especial que le permita olfatear. El accesorio recoge el aire y lo concentra, por lo que Max lo puede oler sin estar expuesto al ambiente exterior.

19

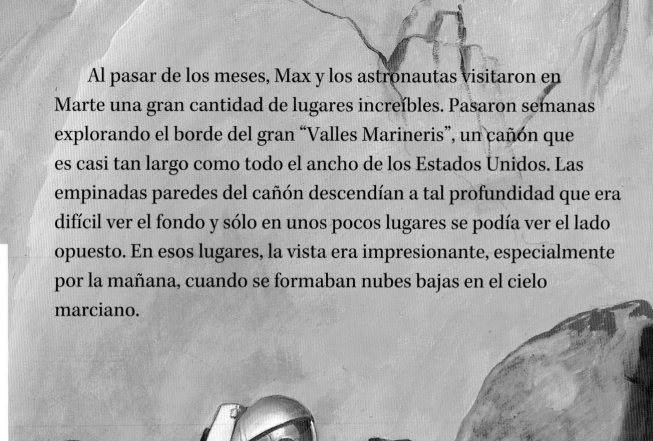

Al pasar de los meses, Max y los astronautas visitaron en Marte una gran cantidad de lugares increíbles. Pasaron semanas explorando el borde del gran "Valles Marineris", un cañón que es casi tan largo como todo el ancho de los Estados Unidos. Las empinadas paredes del cañón descendían a tal profundidad que era difícil ver el fondo y sólo en unos pocos lugares se podía ver el lado opuesto. En esos lugares, la vista era impresionante, especialmente por la mañana, cuando se formaban nubes bajas en el cielo marciano.

Un mundo de maravillas

Marte es un mundo lleno de maravillas. La ilustración en esta página solamente muestra una pequeña parte de los Valles Marineris, que en realidad son varios cañones conectados y que juntos forman el cañón más grande del sistema solar. A diferencia del Gran Cañón del Colorado, que fue esculpido por un río, es probable que la mayor parte de los Valles Marineris son producto de fuerzas tectónicas parecidas a terremotos gigantes. Estas fuerzas podrían haber agrietado la superficie de Marte para dar origen a estos cañones. Otras maravillas en Marte son los enormes volcanes, los lechos de ríos secos y los antiguos cráteres formados hace mucho tiempo, cuando asteroides o cometas del sistema solar chocaron contra la superficie de Marte.

Marte también tiene una gran variedad de climas y estados de tiempo espectaculares. Al igual que la Tierra, Marte tiene casquetes polares, pero éstos contienen dióxido de carbono congelado además de agua congelada. Parte de este dióxido de carbono se evapora durante la primavera y el verano y se vuelve a congelar durante el invierno, causando así fuertes vientos que a veces generan enormes tormentas globales de polvo. No cabe duda que Marte será uno de los destinos favoritos para los exploradores del futuro siempre en busca de emocionantes aventuras.

Mirando a través del abismo, era fácil para la tripulación imaginarse que estaban de regreso en casa, en la Tierra, con vistas de una versión gigante del Gran Cañón del Colorado. Tenían algo de nostalgia, después de todo. ¡Cómo deseaban poder quitarse los trajes espaciales y respirar el aire fresco! Pero cuando veían a la pequeña Tierra azul, que brillaba en el amanecer marciano, se acordaban que su casa se encontraba a más de 100 millones de kilómetros de distancia.

El día, la noche, y las estaciones del año en Marte

El cuento habla del día, la noche y las diversas estaciones del año en Marte, pero éstas no son realmente iguales a las de la Tierra.

Un día en la Tierra dura 24 horas, porque éste es el tiempo que tarda la Tierra en rotar sobre su eje. Marte tarda solamente una media hora más en rotar, lo que significa que el día y la noche de Marte son parecidos al día y a la noche en la Tierra. La noche nos parecería particularmente familiar: Las estrellas están tan lejos que verías las mismas constelaciones en Marte como las vemos desde la Tierra. Por supuesto, desde Marte a veces verías la Tierra brillando en el cielo del amanecer o del atardecer, al igual que nosotros vemos a Venus en nuestro cielo.

Marte también tiene estaciones del año, al igual que la Tierra. Las estaciones en la Tierra y en Marte son causadas por la *inclinación* de su eje de rotación (ver el diagrama abajo). Por coincidencia, Marte tiene casi exactamente la misma inclinación que la Tierra y, por lo tanto, también tiene cuatro estaciones. Sin embargo, debido a que Marte tarda casi el doble de tiempo que la Tierra en girar en órbita alrededor del Sol, cada una de las cuatro estaciones del año de Marte dura aproximadamente el doble que las de la Tierra.

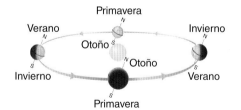

Nosotros tenemos estaciones porque el eje de la Tierra está inclinado con respecto a su órbita alrededor del Sol. Es verano cuando tu hemisferio está inclinado hacia el Sol y es invierno cuando está inclinado opuesto al Sol, por lo que los hemisferios Norte y Sur tienen estaciones opuestas. (El diagrama no está a escala).

El Olympus Mons y otros volcanes en Marte

El Olympus Mons es la montaña más grande de todo el sistema solar. Es tres veces más alta que el Everest y su base cubre un área tan grande como el estado de Arizona. A pesar de su tamaño, la mayor parte de sus laderas se inclinan tan suavemente que no podrías ver la cima desde su base.

Sabemos que el Olympus Mons es un volcán ya que tiene una enorme caldera volcánica en su cima y podemos ver por dónde fluyó, en el pasado, la lava por sus laderas. Además, Marte tiene una gran cantidad de otros volcanes más pequeños.

Los volcanes en Marte deben haber tenido erupciones espectaculares en el pasado. Probablemente, la mayoría de ellos ya están extintos, lo que significa que no tienen suficiente calor para grandes erupciones. Sin embargo, es posible que algunos de los volcanes puedan entrar en erupción de nuevo, aunque las erupciones podrían ocurrir con una frecuencia de miles o millones de años. Más importante para nuestro cuento es que algunos volcanes antiguos todavía podrían generar suficiente calor para derretir el hielo subterráneo y producir depósitos de agua líquida bajo la superficie de Marte.

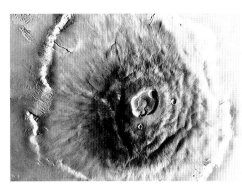

El Olympus Mons fotografiado desde la órbita de Marte.

En su última excursión planeada visitaron el "Mons Olympus", un antiguo volcán que es la montaña más grande del Sistema Solar. Max iba a la cabeza mientras exploraban las altas pendientes de la base del volcán.

Solamente tuvieron tiempo de explorar una parte de la gran montaña antes de tener que volver por el largo camino de regreso a la base. Fue entonces, cuando casi les ocurrió un gran desastre.

Una tremenda tormenta de polvo marciano cruzó por el camino del vehículo explorador. Desde adentro, la tormenta sonaba como si estuvieran bombardeando el vehículo con arena. Tuvieron que detenerse varias veces porque no podían ver el camino. Afortunadamente, la tormenta se alejó después de un rato. Pero, por precaución, decidieron cambiar su ruta para evitar tormentas similares.

Su nueva ruta les permitió visitar un sitio nuevo y detenerse una última vez. Era un antiguo lecho de un río, cercano a otro volcán. Estacionaron el vehículo y se bajaron para explorar. Es ahí donde sucedió . . .

Tormentas de polvo en Marte

Es posible que hayas visto "demonios de polvo" en la Tierra. Parecen pequeños torbellinos, pero se levantan desde el suelo en vez de descender del cielo. Ocurren cuando la luz del Sol calienta el suelo lo suficiente para calentar el aire y este aire caliente comienza a girar a medida que asciende. El remolino de viento puede llevar consigo arena o tierra suelta, por lo que los torbellinos son más fáciles de ver sobre la arena de los desiertos o en tierras secas de agricultura.

Los "demonios de polvo" son comunes en Marte, especialmente durante los veranos y pueden ser mucho más grandes que los demonios de polvo en la Tierra. El polvo arremolinado probablemente no sería demasiado peligroso, pero podría causar problemas al obstruir los motores o quedarse atascado en los accesorios de los trajes espaciales. El demonio de polvo en este cuento pasa sin causar ningún problema a los exploradores, pero los verdaderos astronautas tendrían que estar preparados para reparar los daños y limpiar el polvo dejado atrás por demonios de polvo en Marte.

El comandante Grant se sobresaltó dentro de su traje espacial cuando, de pronto, escuchó los fuertes ladridos de Max en sus auriculares. Rápidamente se dio la vuelta y vio a Max olfateando y cavando en el suelo en el fondo del lecho del seco río.

El comandante Grant tomó el taladro y corrió hacia Max. Perforó más y más profundo, hasta exponer rocas enterradas. ¡Estaban húmedas!

Max y la tripulación regresaron al campamento base lo más pronto posible. En el laboratorio del campamento base, el comandante Grant usó su microscopio para observar los diminutos agujeros que tenían agua dentro de la roca. No podía contener su emoción al darse cuenta de lo que estaba viendo.

—¡Max! —gritó—. ¡Lo lograste! ¡Lograste descubrir vida en Marte!

¿Realmente existe la vida en Marte?

Max encuentra vida en este cuento ficticio, pero ¿realmente existe la vida en Marte?

Nadie sabe a ciencia cierta, pero la mayoría de los científicos dudan que encontraremos vida en la superficie de Marte debido a la falta de agua líquida. Toda la vida en la Tierra necesita de agua líquida para poder sobrevivir, así que sospechamos que sería igual en Marte. Además, debido a que Marte carece de una capa de ozono, la radiación ultravioleta del Sol probablemente mataría cualquier tipo de vida en su superficie a menos que tenga algún tipo de protección.

Sin embargo, hay que recordar que en el pasado distante, Marte tuvo abundante agua líquida en su superficie. Dado que el agua parece ser tan importante para la vida, es posible que hubiera habido algún tipo de vida en Marte en esa época. De haber sido así, puede ser que algún día encontremos fósiles de vida antigua en Marte. Por otra parte, si Marte realmente tenía vida hace mucho tiempo y si el agua se mantiene líquida bajo de su superficie, es posible que algún tipo de vida todavía sobreviva bajo los suelos, al igual que la encuentra Max en este cuento.

En resumen, hay tres respuestas posibles a la pregunta "¿Realmente existe la vida en Marte?" Podría ser que Marte nunca haya tenido vida o que haya tenido vida hace mucho tiempo y que ésta ya se haya extinguido o que exista vida hasta la fecha bajo la superficie. La única manera de saber cuál es la respuesta correcta es la de continuar explorando al planeta Marte.

¿Deberíamos enviar personas a Marte?

En este libro, las personas viajan a Marte poco después de que hayamos regresado a la Luna, como muchos realmente lo desean. Sin embargo, no todo el mundo piensa que es una buena idea enviar personas a Marte.

El viaje de personas a Marte sería mucho más costoso que el envío de naves espaciales robóticas, por lo que algunas personas piensan que deberíamos continuar enviando robots. Otra preocupación es que enviar a seres humanos podría ser un obstáculo para la búsqueda de vida. Es posible que no te des cuenta de ello, pero tu cuerpo está cubierto de miles de millones de bacterias microscópicas. Si fueses a Marte, algunas de estas bacterias seguramente escaparían y penetrarían al suelo. Así, si encontráramos bacterias en Marte, no sabríamos si son nativas de Marte o si las habrías portado tú. Además, de la misma manera que una hierba silvestre puede matar plantas más valiosas, hay aún una pequeña posibilidad que las bacterias de la Tierra podrían poner en peligro la vida nativa de Marte, si es que todavía la hay.

Por supuesto que el enviar personas a Marte va más allá de las razones científicas, ya que las personas siempre han sentido la necesidad de explorar. Sería un momento de gran inspiración el ver cómo seres humanos posan su pie en un mundo totalmente nuevo. Así que, ¿deberíamos mandar personas a Marte o no? Puedes decidirlo tú mismo, pero toma esto en cuenta: Si decidimos mandar personas a Marte, el primer viaje se realizaría seguramente cuando los alumnos de hoy en día hayan crecido lo suficiente para ser astronautas. En otras palabras, *tú* podrías ser la primera persona en posar tu pie en Marte.

Max se convirtió, nuevamente, en un héroe. En la Tierra, se iniciaron los preparativos para celebrar a Max y a la tripulación. En Marte, la tripulación se preparó para el despegue. Se aseguraron de dejar ordenado el campamento base, para que permanezca listo para los próximos exploradores de Marte. Luego, regresaron a su cohete y despegaron de regreso a casa.

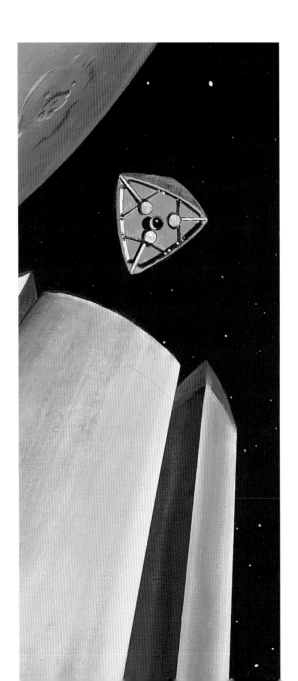

Se necesitaron tres meses para llegar a la Luna, donde los médicos comprobaron que la tripulación gozaba de buena salud y donde los científicos almacenaron las muestras traídas de Marte para su futuro estudio. Finalmente, Max y la tripulación regresaron a la Tierra.

¡Tori había extrañado muchísimo a Max! Había estado lejos por más de dos años, que es mucho tiempo para un perro y ella sabía que se estaba haciendo viejo. Estaba muy orgullosa de él y quería aprovechar todo el tiempo que le quedaba de vida a su perro.

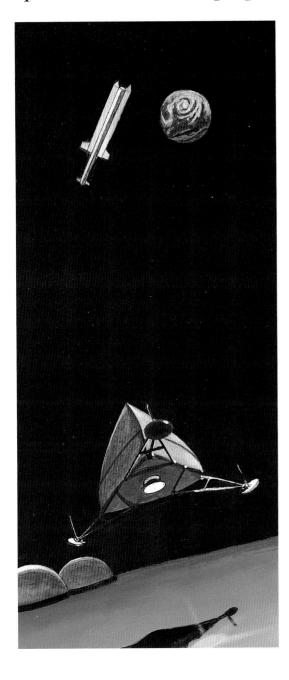

El paso de los años para perros, para las personas y para Marte

Ahora que Max ha realizado sus viajes a la estación espacial, la Luna y también a Marte, Max, siendo perro, se está haciendo viejo. Pero, ¿qué edad tiene en realidad? Depende de si deseas obtener la respuesta en años de perro, años de personas o en años marcianos.

En la Tierra, un *año* realmente sólo significa una cosa: es el tiempo que la Tierra tarda en girar en su órbita alrededor del Sol, que es aproximadamente 365¼ días. Así es que si Max tiene 9 años de edad en la Tierra (la verdadera edad de Max cuando se escribió este libro), significa que desde que nació, la Tierra ha girado nueve veces alrededor del Sol.

Sin embargo, debido a que los perros viven vidas mucho más cortas que las de las personas, a veces hablamos de "años perro". No hay una definición oficial de un año perro, pero suele decirse que un año real (o "año de persona") equivale a 7 años en la vida de un perro. De manera que si Max tiene 9 años de edad, esto se traduce a 9 × 7 = 63 en años perro.

Por supuesto que, ya que en este cuento Max va a Marte, también podríamos preguntarle su edad en años marcianos. Marte tarda un poco menos de dos años de la Tierra en girar alrededor del Sol, por lo que su edad en años marcianos sería aproximadamente la mitad de su edad en la Tierra. O sea, que si Max tiene 9 años de edad en la Tierra, entonces tendría 4½ años de edad en Marte. ¿Qué edad tienes *tú* en años marcianos?

27

Max también estaba feliz de estar de regreso. Había viajado más lejos y había visto más cosas que cualquier otro perro en la historia. Pero al observar los árboles, las ardillas y el cielo azul, estaba seguro de una cosa: No hay mejor lugar que el hogar propio y no hay ningún planeta como la Tierra.

Tori parecía adivinar lo que estaba pensando. —Algún día voy a hacer también un viaje a Marte —dijo— y tal vez a planetas aún más lejanos que Marte. Pero no creo que encontremos un mundo tan maravilloso como el nuestro.

29

Marte en el cielo nocturno

¿Quieres saber por qué los planetas parecen vagar a través de las constelaciones? Prueba esta sencilla demostración en la que tú juegas a ser la Tierra y un amigo juega a ser Marte.

Encuentra un lugar al aire libre donde puedas poner una pelota que represente al Sol. Como se muestra en el Diagrama 1, tú y tu amigo deben caminar alrededor de la pelota en la misma dirección (en el sentido contrario a las manecillas del reloj) para que sean como planetas que giran en órbita alrededor del Sol. Tu amigo debe caminar más lentamente y en un círculo más grande, porque Marte gira alrededor del Sol más lentamente y a una distancia mayor que la Tierra. Recuerda que cada paso representa un par de semanas de tiempo real, así que están representando cambios que realmente se producen durante semanas y meses y no en una sola noche.

Los árboles o edificios de fondo pueden representar a las constelaciones, siempre y cuando hagas una cosa más: Tienes que actuar como que no sabes que tu amigo (Marte) está más cerca de ti que las constelaciones. Así tu demostración será igual al cielo nocturno en el cual no podemos distinguir, a simple vista, que los planetas están más cerca que las estrellas.

Observa con cuidado al caminar varias veces alrededor del Sol. La mayor parte del tiempo tu amigo parece que se mueve de la derecha a la izquierda a través de las constelaciones de fondo. Pero en los momentos en los que tú sobrepasas a tu amigo, parecería que él o ella está yendo hacia atrás (de izquierda a derecha) con respecto a las constelaciones, a pesar de que en realidad todavía está avanzando en tu misma dirección.

Diagrama 1. Demostración del movimiento planetario. Sigue las líneas de visión de la persona que camina por la parte interna hacia la persona que camina por la parte externa. Así podrás ver cómo se ve la persona externa con respecto al fondo. Fíjate que, entre los puntos 3 y 5, la persona que camina por el interior ve a la persona que camina por el exterior como si estuviera yendo hacia atrás.

Respuesta a la pregunta de desafío: Marte se ve más grande y más brillante cuando está más cercano a nosotros en su órbita, que es el Punto 4 en el Diagrama 2. Nota también que esto es justo a la mitad de su "camino hacia atrás" respecto al fondo de las constelaciones.

El Diagrama 2 muestra cómo el verdadero Marte hace lo mismo cuando la Tierra lo sobrepasa en su órbita.

Las antiguas civilizaciones no podían explicar por qué a veces Marte parecía que iba hacia atrás con respecto a las constelaciones, ya que pensaban que el Sol, los planetas y las estrellas giraban todos alrededor de la Tierra. Hoy en día, tal y como lo explicamos, sabemos que el movimiento retrógrado, o sea hacia atrás, es sólo una ilusión creada por la forma en que vemos a Marte a medida que giramos en nuestra órbita alrededor del Sol. Esta simple explicación del movimiento retrógrado jugó un papel muy importante en la historia de la humanidad: Hace unos 400 años, esta forma de explicar el extraño movimiento de Marte nos ayudó a darnos cuenta de que la Tierra *no* es el centro del universo, como se creía, y que en cambio, es un planeta que gira en órbita alrededor del Sol.

Pregunta de desafío: ¿En cuál punto en el Diagrama 2 se vería Marte más grande y más brillante en nuestro cielo? (Respuesta al final de la página 30.)

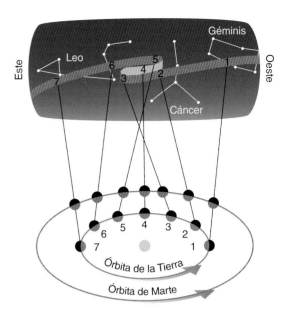

Diagrama 2. La misma idea explica el movimiento aparente de Marte. Desde la Tierra, Marte en general se ve moviéndose de este a oeste con respecto a las constelaciones. Sin embargo, cuando la Tierra sobrepasa a Marte entre los Puntos 3 y 5, Marte aparece como si estuviera moviéndose hacia atrás con respecto a las constelaciones.

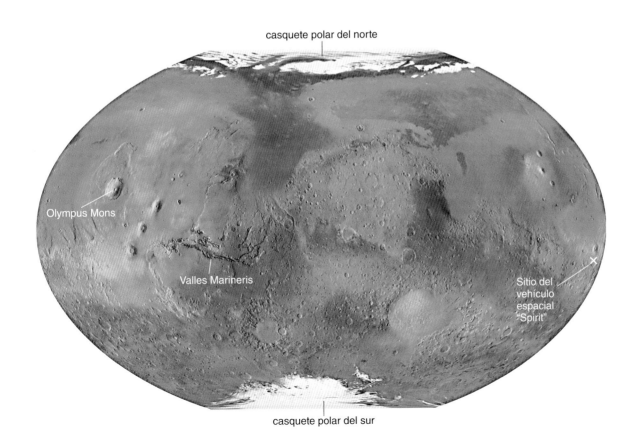

Mapa de Marte

Este mapa muestra la superficie completa de Marte. Puedes ver algunos de los lugares que visitaron Max y los astronautas en este cuento. ¿Puedes ver algunos de los muchos cráteres que se formaron por los impactos en la superficie de Marte? ¿Cuántos volcanes puedes distinguir en este mapa?

Un mensaje del autor a los padres y a los maestros

El haber preparado esta versión en español me da la oportunidad de ocuparme de ciertas preguntas que se me han hecho durante muchas de las presentaciones de la edición original en inglés de éste y de otros libros de la serie. Una de las preguntas más comunes que me hacen especialmente los padres y maestros es ¿por qué siento de manera tan intensa que debemos mandar gente de regreso a la Luna, después a Marte y aún más allá?

La respuesta es simple: Si queremos que los niños aprendan, no podemos únicamente llenar sus cabezas con información. Más bien, debemos darles una motivación para que aprendan, a través de la triada que yo llamo *educación, perspectiva e inspiración*. La parte de la educación es la de contenido de las ciencias (y otras disciplinas). La parte de perspectiva involucra el vernos a nosotros mismos y a nuestro planeta en una nueva luz. La parte de inspiración es la de ayudar a los muchachos a soñar en cómo podría ser mejor nuestro mundo si todos trabajamos unidos. En mi opinión, no hay una mejor forma de unir estas tres cosas que la exploración humana del espacio. La exploración robótica puede darnos educación y una nueva perspectiva, pero nadie se desarrolla con el sueño de ser un robot. La parte de la inspiración viene de las personas.

La exploración del espacio es especialmente inspiradora, al ser un trabajo global en que los científicos e ingenieros de prácticamente todas las naciones, religiones y culturas han contribuido. Nada se puede comparar con la posibilidad de ver hacia el cielo a una estación espacial o a un mundo distante y poder pensar: "Todos trabajamos unidos para poder llegar hasta allá, así que ciertamente podemos trabajar unidos aquí en la Tierra". Por esto, yo creo que la exploración humana del espacio tiene el potencial de inspirar a los muchachos no sólo a obtener una educación, sino también a trabajar con empeño para construir un mundo en el cual todos podamos vivir en paz, compartiendo los avances del saber humano.

Finalmente, quiero recordarles que, en la actualidad, no hay barreras tecnológicas para poder construir una colonia en Marte y fácilmente podríamos mandar a gente a Marte en las próximas dos décadas. Lo único que nos falta es la voluntad de querer hacer de esto una realidad. Así que, la próxima vez que observen a sus propios hijos u otros niños jugando en un parque o en el supermercado, no olviden esto: *Uno de estos niños podría ser el primero en caminar en la superficie de Marte*. Quizá, como en este libro, podrían formar parte del equipo que responda a la pregunta, una buena vez por todas, si existe vida más allá de la Tierra. Espero que estos pensamientos los inspiren a formar parte del esfuerzo de empujar hacia delante la exploración espacial, un esfuerzo que verdaderamente nos ponga en el camino que lleve a nuestros descendientes a las estrellas.

— Jeffrey Bennett

Esta foto fue tomada por el vehículo espacial Curiosity en Marte, donde se pueden ver las huellas que dejó el vehículo al subir una colina de arena.

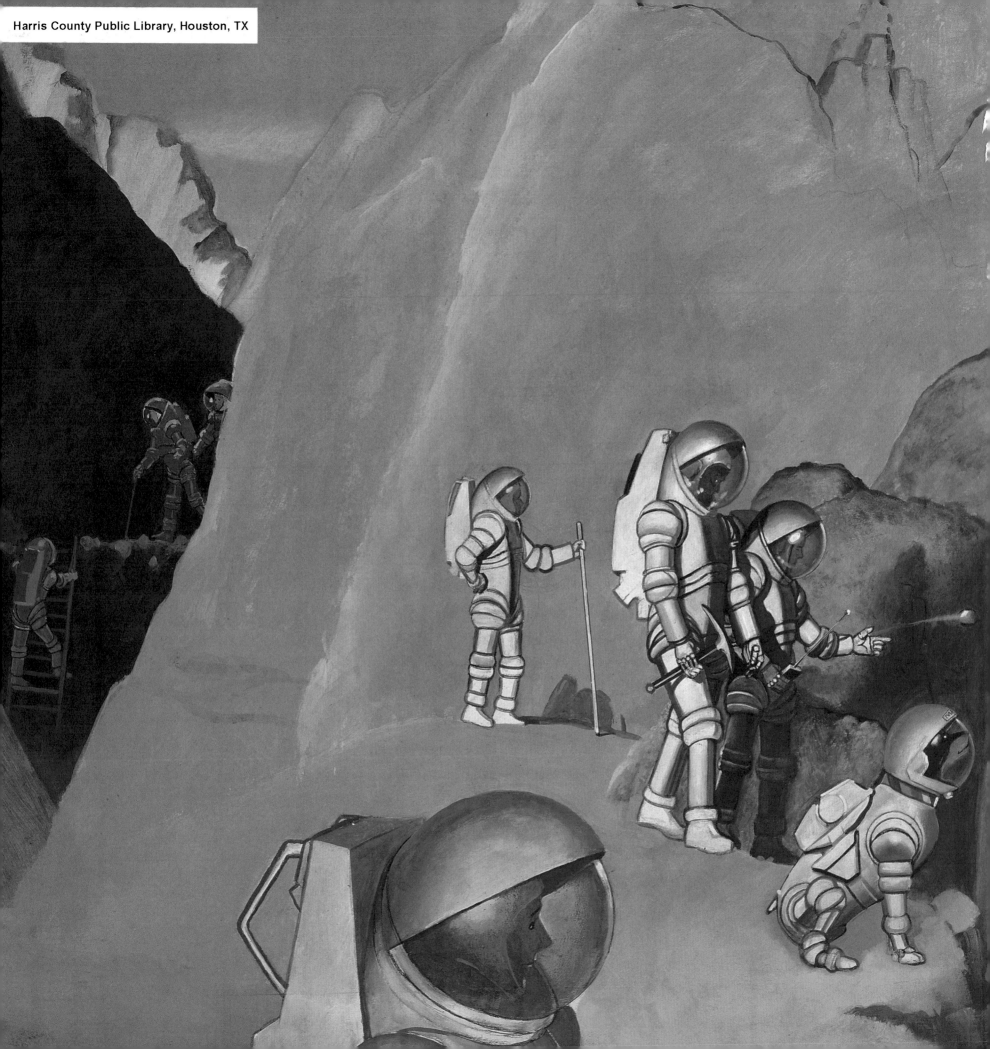